MONSIEUR GOGO

A LA BOURSE,

VAUDEVILLE EN UN ACTE ET UN TABLEAU,

Par M. Bayard,

REPRÉSENTÉ POUR LA PREMIÈRE FOIS A PARIS, SUR LE THÉATRE DES VARIÉTÉS,
LE 16 mai 1838.

ACTEURS	PERSONNAGES.	ACTEURS.	PERSONNAGES.
M. GOGO	M. PROSPER.	BILBOQUET	M. ODRY.
Mme GOGO	Mme LECOMTE.	OSCAR VAUDORÉ	M. BRINDEAU.
ZIZINE, leur fille	Mlle BERGER.	M. LE MAIRE	M. GEORGES.
DURAND	M. ADRIEN.	LEONIDE BOBINARD	Mlle ERNESTINE.
LE CHEVALIER	M. FRANCISQUE.	UN COMMIS d'agent de change.	M. LIONEL.
LE BARON, son beau-père	M. CAZOT.	PREMIER SPECULATEUR	M. EDOUARD.
DE GRAND FORMAT, son ami intime	M. RÉBARD.	DEUXIEME SPECULATEUR.	M. MAYER.
		DENISE domestique de M. Gogo	Mme ALBERTY.

NOTA. Les noms des personnages, en tête de chaque scène, indiquent la position des acteurs.

Le théâtre représente un salon. Une table, un meuble, etc.

SCENE PREMIERE.

Mme GOGO, DURAND, ZIZINE *à la table*, DENISE.

Au lever du rideau*, Zizine est à écrire, Mme Gogo est assise et travaille; Durand arrive tenant un sac d'argent.

DENISE. Madame Gogo, voilà M. Durand qui demande à vous voir...

Mme GOGO. Durand, eh! qu'il entre... bonjour, mon garçon, comment vas-tu?..

DURAND. Mais, pas mal... et vous aussi... mais, qu'est-ce que vous faites donc là, mam'selle Zizine... des chiffres?...

Mme GOGO. Eh! pardieu!.. les comptes de son père, qui nous fait tourner la tête... ah! ce cher Durand, comme il fait bien de venir nous voir... (*Elle essuye des larmes*). Ah! mon Dieu!..

* Mme Gogo, Durand, Zizine à la table.

ZIZINE. Maman!

DURAND. Madame Gogo... qu'avez-vous donc?.. vous pleurez... parce que vous me voyez, moi... votre ami, votre successeur!

Mme GOGO. C'est justement pour cela... je ne puis jamais voir un épicier droguiste, sans que ça me remue!.. quand je pense que je suis née dans cet état là... que j'y ai vécu, et que ce sont les folies de M. Gogo qui m'ont fait vendre mon fonds... et quitter le quartier des Lombards, sous prétexte que nous étions trop riches... pour venir habiter cette maudite rue des Filles-Saint-Thomas, où je ne peux pas dormir, et ça pour être près de la bourse! Ah!.. c'est si beau un comptoir d'épicier droguiste?...

DURAND. Vous trouvez...

Mme GOGO. Il y a dans la boutique une

odeur!.. tenez, rien que d'y penser, l'eau m'en vient à la bouche!..

ZIZINE, *à part.* Il n'y a pas de quoi!

Air : *On sait que la vérité.*

Des états parcourez la liste,
Le plus sain, le plus doux, je crois,
C'est celui d'épicier-droguiste,
Qui nourrit et purge à la fois...
Par une allianc' salutaire,
Il unit, ce double métier,
Les bienfaits de l'apothicaire
Et les douceurs de l'épicier.

DURAND. C'est donc ça que ma demoiselle de comptoir, mamselle Boulotte est très-malade...

ZIZINE. Ah!.. cette chère mamzelle Boulotte!..

DURAND. Oh! mon Dieu!.. oui... hier, dans son comptoir, en prenant son café et en vendant du jalap... je ne sais comment elle a fait... il faut qu'elle ait pris l'un pour l'autre, enfin elle est dérangée... Oh! mais dérangée!...

Mme GOGO. Ah! oui... une erreur... cela m'arrivait très-souvent dans le commerce...

ZIZINE. Oh! quel état!..

DURAND. Et il a bien ses avantages aussi... mademoiselle Zizine, vous m'en direz des nouvelles quand vous y serez, et il faut parler à votre père pour ça... parce que je suis pressé. (*Soupirant.*) Très pressé... en attendant, je viens prier madame Gogo de vouloir bien tenir mon comptoir aujourd'hui.

Mme GOGO. Tenir ton comptoir, mon garçon... avec plaisir!... je vais donc revenir à ma boutique... au mortier d'argent... à cette rue aux Ours, où j'ai reçu les premiers soupirs de M. Gogo!.. qui depuis... ah! (*Elle pousse un soupir.*) Mais alors, il était à ses affaires... il ne se jetait pas dans spéculations pour nous ruiner...

DURAND. Dam!.. c'est la mode!..

Air de *l'Artiste.*

Dans toutes les carrières,
On vole, on s'enrichit...
Plus vite que nos pères,
Qui vieillissaient sans bruit,
Surtout sans commandite...

Mme GOGO.

Mais les écus comptants,
Si ça venait moins vite,
Ça durait plus long-temps.

DURAND. Allons, tenez... pour vous consoler... en voilà des titres...

Mme GOGO. De l'argent...

DURAND. Et des billets de banque... vous savez que j'ai quittance dans le contrat de vente... faut bien que je vous apporte les fonds...

Mme GOGO. Tu avais le temps, mon garçon.

DENISE, *accourant.* Madame, voilà M. Gogo qui rentre... et chargé... chargé...

Mme GOGO *. Eh! vite.. il ne faut pas qu'il sache que cet argent est entré à la maison... il le jetterait encore par la fenêtre...

DURAND. Ah! bah!.. il aurait la manie!..

Me GOGO. Zizine... ma fille... tiens!.. porte bien vite cela dans mon secrétaire et tu me rapporteras la clé... avec mon schall et mon chapeau... je vais sortir... va donc!.. le voici!..

ZIZINE. Oui, maman... adieu, M. Durand.

DURAND. Sans adieu, mamzelle.

~~~~~~

SCENE II.

DENISE, GOGO, Mme GOGO, DURAND.

Il entre chargé de marchandises de toute espèce, une petite marmite d'une main, une boîte à lait de l'autre, une bouteille dans sa poche, des livres, un pain de sucre et des paquets sous les bras, un paquet de journaux dans son habit, etc., etc.

GOGO *. Enfin, me voilà, je n'en puis plus... (*A part.*) Tiens, ma femme est encore ici?...

Mme GOGO. Mon Dieu!.. M. Gogo, d'où venez-vous donc comme ça?...

GOGO. Je viens de faire ma tournée dans toutes les entreprises dont je suis actionnaire... et, comme tu vois, je rapporte des provisions.

DENISE. En voilà-t-il!.. en voilà-t-il!..

DURAND. Dieu!.. est-il chargé, ce cher M. Gogo!

GOGO. Ah!.. ah!.. bonjour, monsieur Durand... aidez-moi à me débarrasser de tout ça...

Mme GOGO. Mais est-tu fou!..

GOGO. Au contraire... ce sont les produits de mes sociétés en commandite.

Air de *sommeiller encore.*

Dans nos entreprises nouvelles,
Quand on a pris des actions,
Il faut, spéculateurs fidèles,
Y faire ses provisions.

Mme GOGO.

Oui, d'autant qu'aux propriétaires
Tout cela pourrait bien rester,
Si ces jobards d'actionnaires
N'étaient pas là pour l'acheter!

GOGO. Ma femme... vous êtes une femme!.. d'abord, tiens, cuisinière! (*Lui*

* Durand, Mme Gogo, Zizine, Denise sur le deuxième plan.
* Durand, Denise, Gogo, Mme Gogo.

donnant un pot de bouillon.) Voilà du bouillon pour le dîner... il est excellent aujourd'hui... c'est une belle entreprise... que la compagnie hollandaise des bouillons... je suis son premier actionnaire... ensuite, je suis entré à notre laiterie des familles pour ta provision de lait, madame Gogo.

DENISE. Ah! mon Dieu!... et dans votre poche... qu'est-ce que c'est que ça?..

GOGO. Un cruchon de bière que j'ai pris en passant à notre brasserie...

DURAND. Anglaise?

GOGO. Non, Lyonnaise.

DURAND. Et ça, qui paraît si lourd?..

GOGO. Je crois bien... c'est le Panthéon.

DENISE. Miséricorde!...

DURAND. Le Panthéon!

GOGO. Le Panthéon littéraire... des ouvrages superbes et très-commodes... des petits livres de poche qu'on peut lire en se promenant... de ce côté un pain de sucre de notre raffinerie... ah! voilà du savon de notre savonnerie de l'Ourcq... et par ici, de la bougie.

DURAND. De l'éclair?..

GOGO. Non, de l'étoile; l'éclair, çafile!..

DURAND. L'étoile file aussi.

GOGO. Oui, mais ça dure plus long-temps.

Mᵐᵉ GOGO. Comment! de la bougie, monsieur Gogo?..

GOGO. Dam!.. écoute donc... c'est par économie... je ne puis plus brûler de chandelles, à présent que j'ai des actions dans la bougie... attends... attends... voilà notre papier de sûreté... nos lithographies... une petite provision de clous, et mes journaux...

Il tire un énorme paquet de journaux.

DURAND. Des journaux... tout ça...

GOGO. Il n'y a que 24 grands et 36 petits...

Mᵐᵉ GOGO. Et il n'en lit pas un...

GOGO. Je pourrais les lire, madame Gogo... et c'est agréable...

DENISE. J'aime les journaux... ça me sert à envelopper mes manches de gigot...

DURAND. Et moi mes drogues.

GOGO. D'ailleurs, quand on est actionnaire...

DURAND. Bah!.. à toutes ces entreprises-là...

Mᵐᵉ GOGO. Oui... et sans compter les canaux, les bateaux, les banques, les forges, les mines, les manufactures, les marais, les landes, les ponts, les voitures de toutes espèce, batignolaises, béarnaises, citadines, dames blanches, dames françaises, favorites, hirondelles, orléanaises, omnibus, parisiennes, tricycles, luté-ciennes, sylphides, zéphyrines, cabriolets mylords, cabriolets compteurs... urbaines, dandys, gondoles pour Versailles; et pour Saint-Germain, messageries pour toute la France!...

GOGO. Des affaires superbes!..

AIR: *Voici, mon oncle, le notaire.*

Mes actions sont excellentes!
Chacun prend voiture à présent;
Grisettes, femmes élégantes,
Vieux ou jeune; riche ou manant!...
                    DURAND.
Eh! oui, vraiment! jusqu'au cirage!
Cirage anglais... ça fait pitié!...
Qui court Paris en équipage...
En attendant qu'il aille à pied.

Mᵐᵉ GOGO. C'est comme toi... bientôt si ça continue... il ne te restera pas six sous pour monter en omnibus.

GOGO. En attendant, je t'apporte des places pour aller ce soir au spectacle...

Mᵐᵉ GOGO, *prenant le coupon.* A quel théâtre?... comment!... encore celui-là... nous n'en sortons pas...

DURAND, *tirant une longue barre de fer qui paraît sous le gilet de Gogo.* Tiens, tiens, tiens... Cette barre de fer...

DENISE, *qui va et vient pour ranger.* C'est une tringle...

GOGO. Galvanisée... un fer excellent... qui ne se rouille jamais... seulement, il faut prendre garde qu'il ne se mouille...

Mᵐᵉ GOGO. Qu'est-ce que tu veux que je fasse de ça?..

GOGO. Puisque j'y ai pris une action... et une autre de gaz comprimé...

Mᵐᵉ GOGO. Qu'est-ce que c'est encore... comprimé!

GOGO. Comprimé... elle demande ce que c'est... mais, c'est une espèce de... enfin, tu as bien vu celui qui est dans les boutiques; de la lumière, qu'on portera à domicile... comme le bouillon, tu comprends?...

DURAND. Oui... comme qui dirait le soleil en pot et en bouteille...

GOGO. A deux sous la pinte.

DENISE. Pas cher... le soleil.

Mᵐᵉ GOGO. Encore... ah! ça! monsieur Gogo... vous avez donc juré de nous ruiner tout à fait avec votre confiance d'actionnaire... que vous en êtes bête!.. bête!..

GOGO. Ma femme!...

Mᵐᵉ GOGO. Oui, bête à manger du charbon de terre.

GOGO. J'en mange; je suis actionnaire dans les z'houilles.

DURAND. Madame Gogo...

Mᵐᵉ GOGO *. Mais, vous ne savez donc

* Durand, Mᵐᵉ Gogo, Gogo, Denise.

pas qu'il a tout fourré-là dedans... tounotre petite ferme de la Brie... notre maison de la rue Jean-Pain-Mollet... et jusqu'à mes rentes qu'il a vendues... sous prétexte qu'on allait les convertir... pour les jeter dans un tas d'entreprises dont il n'a que faire, et qui sont des attrapes jobards... des journaux qu'il ne lit pas... des voitures qui ne vont pas... des moulins qui ne tournent pas... des canaux qui ne coulent pas... des théâtres qui n'amusent pas... et c'est toujours à ceux-là que nous allons... pourquoi? parce que nous sommes actionnaires... et aux premières représentations, il me fait applaudir, pour faire prendre les pièces, que j'en ai des ampoules!.. pourquoi?.. parce que nous sommes actionnaires. Il a la rage des actions... la fureur des sociétés en commandite, encore, si toutes étaient comme les bouillons hollandais!.... au moins, il y a sur la porte! « ici on en avale... » on sait à quoi s'en tenir, mais les autres, allons donc... de toutes ces entreprises, il n'y en a qu'une que j'estime... la laiterie des familles... à la bonne heure... celles-là du moins me donne du lait pour mon café...

DENISE. Dam!.. la rivière coule pour tout le monde...

Mᵐᵉ GOGO.

Air de Masaniello.

Tous les matins quelque autre affaire,
Vient nous enlever notre argent!...

GOGO.

Oui, pour être millionnaire!..

DURAND.

Tout le monde en veut à présent ;
Dans c' moment où la bourse étale
Les listes de souscription,
Je ne vois plus que la morale,
Qui n' soit pas mise en action!

GOGO, à madame Gogo. Ça viendra!.. ah çà! dis donc, est-ce que tu ne sors pas? * A propos, Durand... et mon argent?..

DURAND, regardant Mᵐᵉ Gogo. Dam!.. monsieur Gogo.

Mᵐᵉ GOGO **. Eh bien!... qu'est-ce que tu veux en faire de ton argent?... Durand le gardera... c'est la dot de ma fille...

GOGO. Mais, femme!.. femme!.. juge donc, quand toutes ces commandites me donneront un dividende!.. hein! un dividende...

Mᵐᵉ GOGO. Allons donc! est-ce que tu sais ce que c'est qu'un dividende!...

GOGO. Taisez-vous, madame Gogo!.. ne plaisantez pas là-dessus... il nous en

viendra des dividendes... et bientôt peut-être...

Mᵐᵉ GOGO. Tant mieux!.. nous verrons comment c'est fait...

DURAND *. En attendant, monsieur Gogo... je n'ai pas besoin de ça pour épouser votre fille... je vous la demande comme elle est... sans plus...

GOGO. Toi, mon garçon!.. (A part.) Pas gêné!.. (Haut.) Tu veux épouser ma fille... eh bien! nous verrons ça plus tard... tu repasseras... (A part.) Est-ce qu'ils ne s'en iront pas!... les autres vont venir...

Mᵐᵉ GOGO. Tu consens à leur mariage... à la bonne heure, donc!...

DURAND. Vrai, vous consentez?... Vous êtes un brave homme...

Mᵐᵉ GOGO. Oh! oui... et si tu renonçais à ta manie des actions...

GOGO. Eh! bien, oui, là... c'est mon intention... je suis raisonnable... je n'ai plus d'argent!... va-t-en, va!..

SCÈNE III.

LES MÊMES, ZIZINE, VAUDORÉ.

ZIZINE *. Maman!.. maman!.. voilà ton schall, ton chapeau... j'ai serré l'argent...

Mᵐᵉ GOGO, toussant. Hum!.. hum!.. (Bas.) veux-tu te taire! la clef...

Elle la prend.

GOGO, à part. Ah! bah!.. il y a de l'argent ici...

Mᵐᵉ GOGO, à part. Il n'a pas entendu... (Haut.) Adieu, mon petit Gogo... je vais tenir le comptoir de Durand, jusqu'à ce soir, Mˡˡᵉ Boulotte est incommodée.

GOGO, vivement. Parbleu! je le sais bien...

DURAND. Hein!.. vous savez...

GOGO, se reprenant. C'est-à-dire... je suis entré dans votre boutique ce matin...

DENISE, qui rentre. Il y a là un gros réjoui... qui demande à parler à monsieur...

GOGO. A moi? (A part.) Diable! elle va le voir...

VAUDORÉ, de la porte du fond. Peut-on entrer?

GOGO. Eh!.. c'est monsieur Vaudoré...

Mᵐᵉ GOGO. Qu'est ce que c'est que ce Vaudoré en casquette, une longue pipe à la bouche, chargé de breloques, etc.

veau-là

GOGO, à Vaudoré. Entrez donc, monsieur... entrez donc!.. (Bas.) Ne parlez pas de la grande affaire devant ma femme.

---

* Durand, Gogo, Mᵐᵉ Gogo.
** Durand, Mᵐᵉ Gogo, Gogo.

* Durand, Gogo, Mᵐᵉ Gogo.
** Durand, Gogo, Vaudoré, Mᵐᵉ Gogo, Zizine.

VAUDORÉ. Ah!.. votre femme!.. (*A part.*) Ce paquet-là!..

Mme GOGO. Encore quelque grugeur....

VAUDORÉ. C'est sans doute madame Gogo que j'ai l'honneur de saluer... une femme superbe!... mon cher Gogo, je vous en fais mon compliment... et mademoiselle Gogo, peut-être? charmante!.. c'est tout le portrait de son illustre père et de son adorable mère...

TOUS LES TROIS, *saluant.* Monsieur!..

VAUDORÉ, *à part.* En voilà des boules à mettre sous cloches!..

Mme GOGO. Monsieur... je n'ai pas l'honneur... vous êtes...

VAUDORÉ. Vaudoré... Oscar Vaudoré... fameux par mon voyage en Russie... où j'ai fondé une école de peinture... j'y gagnais beaucoup de roubles... immensément de roubles et de roupies...

GOGO. De roupies?

VAUDORÉ. C'est une monnaie de l'endroit... mais le grand mouvement industriel qui remue la France... m'a ramené dans ma patrie, dans ma belle patrie!.. et en ce moment... je suis croupier... c'est-à-dire, non... courtier du commerce... de l'industrie... et des arts... toujours en route, comme Mercure... espèce d'agent de change volant... Heureux de rendre une foule de petits services... à la société dont je suis, j'ose le dire, un des plus beaux ornemens.

DURAND. Eh bien!... il ne se l'envoie pas dire.

Mme GOGO. Et monsieur vient parler à mon mari de quelque affaire?...

GOGO, *bas à Vaudoré.* Chut!.. (*Haut.*) Hein! monsieur Vaudoré... est-ce qu'il est question... de ce dividende que l'on m'a promis?..

Mme GOGO. Un dividende!..

VAUDORÉ. Ce dividende.. oh! oui, oui!.. vous allez le toucher incessamment. (*A part.*) Ah çà!.. il me fait dire des bêtises M. Gogo.

Mme GOGO. Ah! tant mieux... je te laisse avec monsieur *. (*Bas.*) Ah çà!... s'il te propose quelque affaire...

GOGO. Sois calme... je le fiche à la porte.

Mme GOGO. Bien!.. allons, Durand!.. allons!.. votre bras, mon gendre...

DURAND, *passant près de Mme Gogo.* Voilà, belle mère... (*à Zizine.*) Car c'est ma belle mère... papa l'a dit.

Mme MGOGO ET DURAND.

AIR : *Galop de la Tentation.*
Vite, allons sans plus attendre,
Il faut tenir son comptoir...

* Durand, Gogo, Mme Gogo, Vaudoré, Zizine.

Donnez-moi votre bras, mon } gendre,
Prenez le bras de votre
Il vous ramènera } ce soir.
Je vous ramènerai

GOGO, VIRGINIE *et* DENISE.
Vite, allez sans plus attendre,
Il faut tenir son comptoir...
Donnez-lui votre bras, mon } gendre,
Prenez le bras de votre
Il vous ramènera ce soir.

VAUDORÉ.
Elle est gentille, elle a l'air tendre,
Une dot la ferait valoir...
Le papa me prendrait pour gendre,
Et de plaire j'aurais l'espoir!...

Mme Gogo sort, donnant le bras à Durand.

SCENE IV.

GOGO, ZIZINE, VAUDORÉ.

VAUDORÉ, *à part.* Tiens... c'est dommage... elle est gentille la petite Gogo!..

GOGO. Ah! Zizine, tu vas m'apporter l'argent dont tu parlais à ta mère...

ZIZINE. Moi, papa?..

GOGO. Tu vas m'apporter l'argent...

ZIZINE. Mais, puisque maman a emporté la clef du secrétaire, là!..

GOGO. Ah bah!.. c'est gênant. (*Lui parlant encore.*) C'est égal... tu vas... eh bien!.. elle est partie!..

SCENE V.

GOGO, VAUDORÉ, *ensuite* DENISE.

VAUDORÉ. Elle est très-bien votre fille!.. a-t-elle une dot?...

GOGO. Une dot que je suis en train de doubler, de tripler...

VAUDORÉ, *à part.* Fichetre! ça me va! (*Haut.*) Je vous la demande...

GOGO. Ma fille?..

VAUDORÉ. Et sa dot...

GOGO. Je ne dis pas non... nous verrons ça... Après le succès, si vous me faites faire fortune... où en êtes-vous?.. vos associés, vos amis, dont vous m'aviez parlé...

VAUDORÉ. Je les ai vus tous... je leur ai dit que M. Gogo, le premier actionnaire de l'époque, leur tendait une main généreuse, et leur ouvrait une maison sûre; où la police ne les taquinera pas... ils viendront...

GOGO. C'est comme mes amis qui doivent prendre des actions, ils seront exacts; des gens très-fins, très-adroits, comme moi...

VAUDORÉ. C'est comme ça que je les aime... tenez, voici la liste de mes coassociés... des gens de mérite, des spéculateurs distingués, tous personnages très-connus dans Paris, à qui la Bourse est fermée pour des raisons oiseuses!.. le baron de... le plus grand propriétaire de l'époque! son gendre, le plus grand industriel de l'époque, l'ami intime de ce dernier, le plus... le plus... de l'époque!.. Bilboquet, l'homme le plus spirituel de l'époque, Léonide Bobinard, la plus grande maîtresse de langue et de couture de l'époque.

GOGO. Ah bah! une couturière!

VAUDORÉ. En grand! C'est ma cousine... et enfin une foule de particuliers... plus ou moins honnêtes qui seront enchantés de faire votre connaissance...

GOGO. Moi de même...

VAUDORÉ. Et de former, sous les auspices d'un homme aussi remarquable que monsieur Gogo, leur grande association... société en commandite, non pas d'une manufacture de calicot, ou d'un fonds de librairie, ou d'une savonnerie, ou d'une industrie quelconque... mais de toutes les industries réunies... vous allez les voir sous toutes les faces!.. chacun y apporte la sienne... c'est comme un pique-nique industriel...

GOGO. J'en suis... j'en suis... c'est superbe!.. c'est très-beau!...

VAUDORÉ, à part. C'est un crétin.

GOGO. Ah çà! vous, mon cher, qu'est-ce que vous apportez?..

VAUDORÉ. Moi!.. une chose mirobolante, une maison de jeu en commandite...

GOGO. Mais on les a supprimées...

VAUDORÉ. Raison de plus.... je les rétablis en secret, sous le nom de cercle, de Casino... ce qui donnera d'autant plus de bénéfices.

AIR : Qu'il est flatteur d'épouser celle, etc.

Le fruit défendu, j'imagine,
N'a pas perdu tous ses attraits!
Le jeu, par maison clandestine,
Va triompher plus que jamais !...
Ses gains, ses pert's, ses espérances,
On viendra se les arracher;
Car on a doublé les chances
En les forçant à se cacher.

GOGO. C'est juste!

VAUDORÉ, lui frappant sur l'épaule. Est-ce que vous ne voyez pas que ça manque aux honnêtes gens... et que le trop plein des jeux est entré à la Bourse... une foule de particuliers étaient logés, chauffés, nourris au n° 113... à Frascati et autres... où ils avaient leur domicile politique et commercial... Mais ils sont sur le pavé, depuis qu'on a supprimé l'établissement le plus moral de la capitale!... quel scandale!... c'est comme la loterie, qui faisait du bien à tout le monde.

GOGO. Oh! ça, c'est vrai...

VAUDORÉ. Vous y mettiez?...

GOGO. Un peu...

VAUDORÉ. J'en étais sûr! c'est comme les commandites, qu'on veut molester!.. mais ils auront beau faire!.. il y a maintenant dans l'air une épidémie de spéculation qui gagne tout le monde!.. c'est comme un printemps qui fait battre toutes les artères, bourgeonner toutes les ambitions... tout le monde en veut; l'un gagne, l'autre prend, c'est souvent la même chose... de l'argent!.. de l'argent!.. l'industrie et le commerce, qui se traînaient comme des limaçons, courent maintenant... à la vapeur... au risque de se casser le cou... on tremble, on s'enrichit; on se ruine, on fait le plongeon avec l'honneur... on revient sur l'eau toujours avec l'honneur, vingt chances en un jour!.. tout passe à la Bourse! moi, je ramène à la roulette... je rouvre à la fortune publique une des sources qu'on lui avait fermées... je rends à la société une de ses plus belles passions... les passions!... c'est là la vie de l'homme et de la femme... Faites votre jeu, rien ne va plus... rouge, noire... pan!.. je ne sors pas de là!.. *

GOGO. J'en suis, j'en suis... c'est superbe!... c'est très-beau!...

VAUDORÉ. Les voyez-vous, tous les amateurs, accourir à mon tapis vert... pour y verser leurs capitaux que j'empocherai?...

GOGO. Que nous empocherons...

VAUDORÉ. C'est ce que je voulais dire!... on plumera les dindons.

GOGO. Il y en a encore!..

VAUDORÉ, lui frappant sur l'épaule. Il y en aura toujours!

DENISE, accourant. Monsieur, monsieur, voilà M. le baron de.......

GOGO. Un baron!.. (A Denise.) Va-t-en...

~~~~~~

SCÈNE VI.

LES MÊMES, LE BARON **.

VAUDORÉ. Ah! Baron!.. je vous présente mes respects...

LE BARON. Bonjour, Vaudoré, eh bien! sacrebleu... je suis exact! heure militaire!...

* Vaudoré, Gogo.

** Gogo, le Baron, Vaudoré.

les autres ne sont pas encore ici.... je croyais trouver mon gendre... Ah ! monsieur Gogo... je ne l'ai jamais vu, mais je le reconnais tout de suite... une de ces bonnes figures sur lesquelles on lit « c'est moi !» c'est vous, j'en suis enchanté ; touchez là, mon brave.

GOGO. Monsieur le baron... (*Apart.*) C'est un bien bel homme...

LE BARON. Baron de l'empire... mille bombes !... réduit à se faire industriel !... Voyons, où en sommes-nous ?.. le bureau est-il organisé ?.. les actions sont elles côtées... avez-vous de l'argent ? je n'en ai pas besoin, mais c'est égal, j'en prendrai toujours...

VAUDORÉ. Nous attendons ces messieurs pour nous constituer... l'acte de société est fait... c'est votre gendre le chevalier qui l'a soigné.

LE BARON. Alors je suis tranquille !... dépêchons-nous, car de tous les côtés on demande les actions de mon chemin de fer !..

GOGO. Encore un !..

LE BARON. Qui est-ce qui a dit : Encore un ?.. mille tonnerres !.. il n'y en aura jamais trop, et avant six mois la France sera découpée dans tous les sens, comme une grande galette à deux sous la part...

Air : *Contentons-nous, etc.*

De tous côtés à la Bourse on embauche
Les souscripteurs, pour des chemins nouveaux :
Le Saint-Germain, le Versaill's, droite ou gauche !
Le Havre, Tours et Bruxelle et Bordeaux !
Les millions y pleuv'nt comme à la Banque,
Et la vapeur de son noir tourbillon
Couvrira tout' la France, à moins qu'on n'manque..

GOGO.

D'argent, peut-êtr' ?

LE BARON.

Non, mon cher, de charbon.

Je n'ai pas cela à craindre, moi, grâce aux superbes houilles...

GOGO. Vous avez des z'houillés ?

LE BARON. De charbon, que j'ai découvertes dans mes magnifiques domaines, derrière le Rhin, je les ai mises en actions la semaine passée. (*A Gogo.*) Je vous en ai gardé, morbleu !..

GOGO. Je les prendrai, morbleu !

VAUDORÉ. Un chemin de fer, bravo ! ça ne manque jamais son coup !

LE BARON. Moi, je procède en grand... quand un homme comme moi s'en mêle... je prends la ligne de Paris à Stockolm, où j'arrive en cinquante-six minutes et demie,

heure militaire... si je mets une seconde de plus je suis un homme déshonoré !

GOGO. Ah bah !.. c'est superbe !.. c'est très-beau !...

VAUDORÉ. Et la mer, Baron ?

LE BARON. Oh ! la mer... une bêtise ! je passerai dessus ou dessous... je ne suis pas encore décidé... rien ne nous arrête, nous autres vieux lapins de l'empire... d'ailleurs, j'organise un service de bateaux à vapeur sur toutes les mers du monde, depuis la noire jusqu'à la rouge.

VAUDORÉ. Rouge, noire, je connais ça...

LE BARON. En commençant par la blanche...

GOGO. Je prendrai de vos actions quand le chemin de Stockolm sera autorisé...

LE BARON. Alors, vous n'en prendrez pas... je les place toutes avant... et je reçois les fonds, c'est plus commode...

VAUDORÉ, *à part.* A emporter...

LE BARON. Entre honnêtes gens comme nous...

GOGO. En ce cas, j'en prendrai tout de suite !..

SCENE VII.

LES MÊMES, LÉONIDE.

LÉONIDE. C'est bien... c'est bien... ne vous dérangez pas...

GOGO. Une voix de femme !..

VAUDORÉ. C'est Léonide Bobinard !..

LE BARON. Une industrielle...

LÉONIDE *. Mais quand je vous dis qu'on m'attend... les voilà, j'en étais bien sûre, le Baron et Vaudoré... (*Au Baron.*) Bonjour, gros z'héros !... (*A Vaudoré.*) Bonjour, gamin !...

LE BARON. Toujours gentille !..

VAUDORÉ. Chatouilleuse... va !...

LÉONIDE. Ah ! pas de bêtise... je viens pour affaire... où est M. Gogo... dont on m'a tant parlé ?... (*Il approche.*) Ça... eh bien ! ça ne m'étonne pas, il en a l'air...

GOGO. L'air de quoi ** ?....

LÉONIDE. Eh bien ! l'air... n'importe quoi.... ah ça ! on m'a mandé que nous fondions une société par actions ?...

VAUDORÉ. Oui, je ne t'ai pas oubliée, ingrate, nous attendons les autres ici... M. Gogo nous reçoit tous chez lui...

LÉONIDE, *regardant Gogo.* Sapristi, la bonne figure !... il ressemble...

VAUDORÉ, *bas.* A un concombre...

* Gogo, le Baron, Léonide, Vaudoré.

** le Baron, Gogo, Léonide, Vaudoré.

LÉONIDE, *bas.* Comme un cornichon...

LE BARON. Vous donnez dans l'industrie?..

LÉONIDE. J'y donne en plein! mais depuis mon retour de Russie... où, comme vous savez, j'étais maîtresse de langues, j'ai z'eu des malheurs...

GOGO. Dans la langue?..

LÉONIDE. Dans la couture... j'en avais ouvert un atelier très-distingué et très-connu... c'est là que tous les élégans venaient se faire habiller...

LE BARON. Vous voulez dire les élégantes?...

LÉONIDE. Je dis ce que je dis *... qui est-ce qui vous a fait votre dernier corset?.. gros n'importe quoi.... il fallait que je fasse...

LE BARON, *la reprenant.* Que je fisse...

LÉONIDE. Que je *gagnisse*...

LE BARON, *la reprenant.* Gnasse!

LÉONIDE, *continuant.* Beaucoup d'argent... car j'en mange prodigieusement... je vis en artiste!

VAUDORÉ. C'est-à-dire qu'elle dévore...

LÉONIDE**. Chacun a l'appétit dont il est susceptible.... mais il y a trop de concurrence dans la couture... avec ça qu'on y reçoit des créatures qui emploient des moyens!... c'est une petitesse qui n'a pas de nom... c'est humiliant pour le corps... moi, j'ai des mœurs... (*Vaudoré se retourne pour pouffer de rire.*) Oui, des mœurs, il n'y a pas un municipal qui en ait plus que moi! Ce qui fait que je mange mon fonds tous les jours.. mon magasin est en panne, et j'allais, j'allais... je ne sais pas où j'allais, quand j'ai appris que les industriels qui ne faisaient pas de bonnes affaires, les marchands de toiles peintes, les libraires, les fabricans de n'importe quoi, se mettaient en actions, et je me fourre dedans corps et ame, tout ce que j'ai...

LE BARON. En commandite!..

LÉONIDE. Comment que vous dites?..

VAUDORÉ. Eh bien! oui, en commandite... voici ce que c'est...

Air d'Aristippe.

La commandite est un moyen commode
Pour relever un commerce abattu.
Dans le gousset des autres, c'est la mode,
On va pêcher l'argent qu'on a perdu,
Un fonds social est alors convenu.
Vous y mettez vos mauvaises affaires,
Les souscripteurs leurs écus pour enjeux..
Et puis après on partage en bons frères,
Vous gardez tout, et le reste est pour eux.

* Le Baron, Léonide, Gogo, Vaudoré.
** Le Baron, Gogo, Léonide, Vaudoré.

LÉONIDE. Ah! c'est une commandite; ça... ça me va... j'y mets tout, mes étoffes, mes mannequins... enfin... n'importe quoi!

LE BARON. D'abord, ma belle enfant, il faut nous constituer.

LÉONIDE. Constituons-nous.

On entend disputer dans la coulisse.

LE BARON. Ah! j'entends mon gendre.

~~~~~~

SCÈNE VIII.

LES MÊMES, LE CHEVALIER, SON AMI INTIME, *en costumes très-chargés.*

LE CHEVALIER. Mon ami intime, suivez-moi et ne vous compromettez pas avec la canaille.

VAUDORÉ. Qu'est-ce qu'il y a?

LE CHEVALIER. Des chenapans qui se permettent de crier après notre mise excentrique.

L'AMI. J'en ai rossé un, j'y ai gagné un chapeau neuf, c'est toujours ça!

LE BARON. Eh bien! mon cher...

LE CHEVALIER, *l'interrompant.* Beaupère, depuis que les auteurs, les gendarmes, ce manant de Charivari et ce faquin de Corsaire ont tourmenté mon industrie, je m'appelle le chevalier d'Asphalte.

L'AMI. Et moi, le marquis de Grand-format.

LE CHEVALIER, *offrant du tabac à Gogo.* En usez-vous, monsieur Gogo?

GOGO. Merci.

LE CHEVALIER. Nous vous en ferons prendre. Ah ça! voici le registre à souches de nos actions. Ouvrez-le, mon ami intime.

L'AMI. Mais d'abord, je voudrais parler de mon projet de journal.

LE CHEVALIER, *donnant un coup de pied à son ami**.* Après moi, mon ami intime; placez-vous là et formez le bureau; j'ai ici sur moi l'acte de société.

L'Ami passe à la table et y dépose un grand portefeuille.

VAUDORÉ, *à Louise.* C'est nos associés.

LÉONIDE. Sapristi! ils ne sont pas beaux; ils auront besoin que je les habillasse.

LE BARON. Eh bien! mon gendre, est-

* Gogo, le Baron, le Chevalier, l'Ami, Léonide, Vaudoré.

** Ce jeu de scène se renouvelle presque toutes les fois que l'Ami veut prendre la parole.

ce que tu as une industrie autre que l'or-
dinaire?

LE CHEVALIER. Un peu, mon neveu!
une industrie nationale que j'unis à la
vôtre en commandite... c'est une fortune.

L'AMI. Oh! oui, nous sommes immensément riches.

Il enlève le mouchoir de Gogo.

GOGO, *se posant.* Ah bah!

LE CHEVALIER. Voici ce que c'est. Un
jour, en devisant avec mon ami intime de
nos amours, dans mon château...

LE BARON. Ton château? où est-il! (*Bas.*)
Farceur!

LE CHEVALIER. Près de vos domaines...
(*Bas.*) Blagueur!

LE BARON. Je comprends.

L'AMI. Et monsieur Gogo aussi.

LE CHEVALIER. J'ai trouvé, toujours
avec mon ami intime, dans la cour du sus-
dit château, un trésor...

LE BARON. Une mine d'argent?

LE CHEVALIER. Mieux que ça!

GOGO, *ouvrant la bouche.* Ah bah!

LE CHEVALIER. Un nouveau bitume!

TOUS. Un bitume!

VAUDORÉ. Un bitume, bravo! ça ne
manque jamais son coup.

LE CHEVALIER. L'industrie à la mode!
l'asphalte prend partout.

Air de la Famille de l'apothicaire.

LE CHEVALIER.

> Oui le bitume, c'est prouvé,
> Sa gloire est aujourd'hui complette,
> Prend partout la plac' du pavé,
> Disant : Ot'-toi d'là que j' m'y mette.

VAUDORÉ.

> C'est très-bien... Le pavé d' juillet
> Fit perdr' tant d' plac's, qu'il s'en souvienne!
> Qu'il est assez juste, en effet,
> Qu'à son tour il perde la sienne.

LE BARON. Et vous dites que votre bitume...

LE CHEVALIER. Damera le pion au dez
Maurel, au Roux, au Lobsann, au Polon-
ceau et au Seyssel, colorié, vitrifié et autres, qui ont le privilége pour le quart
d'heure d'infecter la Bourse et d'empester
les boulevarts, les places publiques, les
trottoirs et autres lieux circonvoisins.

LÉONIDE. Cette horreur qu'on fait fumer
dans les rues... ah! pouah! j'aimerais
mieux n'importe quoi!

LE CHEVALIER. Le mien leur fera la
barbe à tous, voyez : Bitume tricolore et
embaumé.

*L'Ami présente à M. Gogo un petit cornet et le
lui fait flairer.*

GOGO. Tiens! tiens! tiens! c'est vrai!

LE CHEVALIER. Au lieu d'empoisonner
Paris comme ses confrères, il va jeter partout une odeur de flouerie.

GOGO. Qu'est-ce que c'est que cette
odeur-là?

LE CHEVALIER. Une odeur de flouerie...

VAUDORÉ. Une espèce d'odeur de... c'est
délicieux.

LE BARON. Sans doute, une certaine
odeur... on ne sent que ça aujourd'hui.

L'AMI. Comment!.... une odeur des
quatre...

LÉONIDE. Eh! oui, de n'importe quoi.

LE CHEVALIER, *avec impatience.* Une
odeur de flouerie, enfin... tout le monde
connaît ça.

LE BARON. Parbleu!

L'AMI. C'est comme mon journal.

GOGO. Ah! oui, ah! oui, comme qui dirait de l'eau de Cologne.

LE CHEVALIER. C'est cela, vous y êtes,
seulement il sent autre chose, la vanille,
la rose, la violette...

L'AMI. La térébenthine...

LE CHEVALIER. Et autres aromates selon
les goûts. Tout Paris sera coulé par moi;
il sera le parquet des boudoirs comme des
places publiques. Quel parfum! en été
surtout! vous sentez bien que lorsque les
badauds, les jobards et autres volatiles
verront bouillir les trottoirs, ils ne man-
queront pas de demander : « Quel est donc
cet asphalte, ce bitume qui ne pue pas
comme les autres? » J'aurai là des allu-
meurs, des chauffeurs qui leur répondront:
« Vous ne savez donc pas? c'est le fameux
bitume de la maison D'asphalte et compagnie, capital social vingt-six millions. » Et
ils m'enverront pour actionnaires tous ceux
qui seront enfoncés dans les autres.

GOGO. C'est superbe! c'est très-beau!

L'AMI. C'est comme mon journal que
je vais...

LE CHEVALIER, *lui frappant sur le ventre.*
Un moment! et comme l'asphalte en question est tricolore, j'en expédie à toutes les
républiques; dès qu'il y a un petit mouvement révolutionnaire au nord ou au
midi, en avant mon bitume! il fera le tour
du monde comme la liberté, et même
plus vite. Hein! quelle couleur!

VAUDORÉ. Et vous avez beaucoup de ce
bitume?

LE CHEVALIER. Une pincée, monsieur,
une pincée.

GOGO. Rien que ça?

LE CHEVALIER. Comment! rien que ça!
monsieur Gogo, mais allez donc à la
Bourse, et demandez à vos banquistes si

tout ce qui est coté, crié, acheté, existe... pas du tout, valeurs fictives ! vous prenez les premières actions, ça monte ferme, vous les vendez... ça tombe, toujours ferme. Vous réalisez vos bénéfices... un million, plus ou moins... et le ballot est pour les autres, pour les... (*A Gogo.*) En usez-vous?

GOGO. Merci !

LE CHEVALIER. On vous en fera prendre... mon ami et moi, nous y mettons tout notre avoir, mes capitaux, mon château, mes cristaux...

L'AMI. Nos minéraux.

LE CHEVALIER. Et la dot de ma femme.

LE BARON. Quelle dot? (*Bas.*) Farceur !

LE CHEVALIER. Celle que vous lui avez donnée. (*Bas.*) Blagueur !

GOGO. Alors, je retiens les premières actions.

L'AMI. C'est ça, le premier bouillon... il y a un Dieu pour les honnêtes gens !

~~~~~~

SCÈNE IX.

LES MÊMES, BILBOQUET, LE MAIRE.

Costume des Saltimbanques.

BILBOQUET. Cette maxime n'est pas neuve, mais elle est consolante.

VAUDORÉ. Ah ! c'est Bilboquet.

BILBOQUET. Homme de lettres et artiste distingué.

LÉONIDE. Saltimbanque, va !

BILBOQUET, *remontant.* Ah ! petite, ayez soin de mon paletot et dites à mon tilbury de faire manger mon cheval, à crédit... si c'est possible. (*Redescendant.*) Il faut que toutes les bêtes vivent. Ah ! à propos, j'oubliais. (*Remontant.*) Entrez, monsieur le maire. (*Il entre*.*) Messieurs, je vous présente M. le maire ; c'est mon capitaliste... n'est-ce pas, monsieur le maire?

LE MAIRE. Très-bien ! très-bien !

BILBOQUET. Hein ! comme c'est dressé ! approchez-vous, monsieur Gogo, l'actionnaire, approchez-vous, monsieur le maire, le capitaliste, embrassez-vous, vous êtes dignes de vous entendre.

Ils s'embrassent ; il les bénit.

LE CHEVALIER. Puisque voilà Bilboquet, nous pouvons nous constituer.

VAUDORÉ. Société en commandite de toutes les industries réunies.

BILBOQUET. C'est juste ! ô mes amis ! ô mes scélérats d'amis ! quelle industrie je

* L'Ami, le Chevalier, le Baron, le Maire, Bilboquet, Gogo, Léonide, Vaudoré.

vous apporte pour ma part ! quel amour d'industrie ! j'ai trouvé un nouveau moyen...

LÉONIDE. D'arracher des dents ?

BILBOQUET. Au public ! oui, oui, et toujours sans douleur ; n'est-ce pas, monsieur le maire?

LE MAIRE. Très-bien... très-bien !

GOGO, *bas à Bilboquet.* Ce monsieur est bien bête.

BILBOQUET. Parbleu !... Je dis donc... ô mes amis, que j'ai trouvé le moyen de soutenir mon théâtre qui tombe en débine... Je le relève !

GOGO. C'est très-beau !

LE MAIRE, *bas à Bilboquet.* Il est bien bête ce monsieur.

BILBOQUET. Parbleu !

VAUDORÉ. Un théâtre, bravo ! ça ne manque jamais son coup.

BILBOQUET. Ni son actionnaire...... Je mets le mien en commandite..... Un million d'actions, rien que ça.

GOGO. J'en prends....

BILBOQUET. Parbleu !... Théâtre immense... où l'on empilera un public aussi nombreux que distingué.... cinquante mille personnes... sans compter messieurs les enfans et messieurs les militaires.

GOGO. Et la place... la place de votre théâtre ?

BILBOQUET. Comment, la place ? Eh bien, la place publique donc.... tous les actionnaires auront leurs entrées.... Le gouvernement protège les arts, les beaux-arts et les beaux artistes.... je sollicite une subvention de 595,000 fr. 50 c. que je mettrai dans ma poche, très-bien....

LE BARON. Ah çà ! mon cher... et des auteurs?

BILBOQUET. Des auteurs, je m'en fiche pas mal des auteurs !... des drôles à qui il faut payer des droits !... je ne paie pas... je ne paie jamais... c'est mon système... je garde tout pour moi (*ôtant sa casquette*), et pour mes vénérables actionnaires !... Je ferai mes pièces moi-même, comme le nommé Molière, qu'on vient de découvrir pour le cacher dans une encoignure.

VAUDORÉ. Et vous espérez faire avaler ça !....

BILBOQUET. Mon scélérat d'ami, quand on a fait avaler des cailloux, des quadrupèdes et des armes blanches, on est susceptible de tout... j'ai déjà placé un nombre prodigieux d'actions..... je n'en ai plus....

GOGO. Oh !... moi qui en voulais...

BILBOQUET. C'est différent... j'en ai encore beaucoup.... avec la permission de M. le maire...

LE MAIRE. Très-bien !... très-bien !...

BILBOQUET. Je compte sur le public et sur les journaux.

L'AMI, *qui était à la table, s'approchant vivement.* Je vous promets le mien*.

BILBOQUET. Monsieur est journaliste?

Il lui fait de grandes salutations.

L'AMI. C'est-à-dire, je fonde un journal à 17 fr. 50 c. par an... grand modèle... voyez-moi ça.

Il déploie et montre une feuille immense.

VAUDORÉ. Un journal !... bravo !.. ça ne manque jamais son coup...

BILBOQUET. Ni son actionnaire !...

L'AMI, *montrant son journal.* Six pieds carrés avec un supplément.... le Pif...

LE CHEVALIER, *lui donnant un coup de pied.* Pouf !...

BILBOQUET, *à l'ami.* Le Pif?...

L'AMI. Non, le Puff, journal des industries réunies ; capital social : trente-cinq millions... pas de frais à payer.. dividende assuré... cent pour cent de bénéfice...

LE CHEVALIER. Nous le rédigerons nous-mêmes.

LE BARON. C'est cela.... moi, je fais les affaires étrangères...

LE CHEVALIER. Moi, je me charge de l'intérieur.

BILBOQUET. Moi, des feuilletons !

LÉONIDE. Moi, des modes.

VAUDORÉ. Moi, des mœurs.

GOGO. Moi, je donne de l'argent.

L'AMI. Et moi, je fais les comptes.

LE MAIRE. Très-bien !... très-bien !... très-bien !...

LÉONIDE. Cet homme-là m'agace les nerfs !

LE CHEVALIER. J'ai bien envie de lui donner un coup de pied dans quelque chose.

BILBOQUET. Où vous voudrez... excepté à la tête... on n'en fait plus comme ça !

LÉONIDE, *montrant Gogo.* Ni comme ça !...

LE BARON, *allant à la table.* Allons, constituons-nous, constituons-nous...

* Le Baron, le Maire, le Chevalier, Bilboquet, l'Ami, Gogo, Léonide, Vaudoré.

SCENE X.

LES MÊMES, ZIZINE *et ensuite* DENISE.

ZIZINE, *venant se placer près de son père.* Papa... papa... Ah ! que de monde !...

VAUDORÉ. C'est Mlle Gogo.

BILBOQUET. Diable ! belle femme...

GOGO. Eh bien ! quoi ?...

ZIZINE. Papa , c'est qu'il y a là beaucoup de tes amis qui te demandent. M. Fanfan.... M. Despertes.... M. Lagobe....

TOUS. Lagobe... c'est des actionnaires !..

LE CHEVALIER. Pour des actions... ouvrez les portes...

GOGO. Du tout, du tout, pas encore, je veux les premières, donnez-moi-z-en...

LÉONIDE. C'est ça... donnez-lui-z-en...

GOGO. Je les paierai...

BILBOQUET. Quand vous voudrez..... comptant....

ZIZINE, *à part.* Oh ! mon Dieu !...

GOGO. Oh ! diable... comptant... c'est que de l'argent, j'en ai bien... mais dans le secrétaire, et ma femme a emporté la clef....

L'AMI, *passant près de M. Gogo.* Ce n'est que cela ? tenez , voilà votre affaire. (*Il tire de sa poche un passe-partout*). Ça doit aller...

BILBOQUET. Ça va toujours.

L'AMI. En tournant à gauche ; vous le ferez chanter.

LE CHEVALIER. Comme un rossignol !

ZIZINE. Dieu ! si maman était là !

GOGO. M. le maire, dites à ces messieurs d'attendre.

LE MAIRE. Très-bien !... très-bien !...

GOGO. Je suis à vous , messieurs.... Je veux des actions.... j'en prends dans tout et partout...

BILBOQUET. Et ça n'est pas coulé en bronze !..

GOGO. Viens, ma fille.

Air: *Mire dans mes yeux.*

Je cours chercher mon argent,
Et je reviens vite,
Je vous quitte
Un seul instant ;
Je paierai comptant.

ENSEMBLE.

Je cours } chercher { mon } argent.
Courez } { votre }

Gogo sort avec sa fille.

SCENE XI.

VAUDORÉ, LE CHEVALIER, L'AMI,
BILBOQUET, LÉONIDE, LE BARON.

Ils ferment toutes les portes.

VAUDORÉ, *vivement et baissant la voix.*
A nous maintenant !... nous voilà seuls,
entendons-nous*...

LÉONIDE. Si nous pouvons...

LE CHEVALIER. Dépêchons, la Bourse
ouvre à une heure.

LE BARON. Heure militaire.

VAUDORÉ. La parole est au plus respec-
table...

L'AMI. Je la réclame.

BILBOQUET. Je la prends, à cause de
mes vertus et de mes cheveux rouges...

LÉONIDE. Je ne peux pas les souffrir...

BILBOQUET. Oh! mes amis... oh! mes
gredins d'amis... notre moment est enfin
arrivé... l'industrie triomphe! non pas
cette petite canaille d'industrie, qui s'é-
lance à la caisse d'épargne pour y porter
ses cinq francs tous les mois, et pour arriver
à un capital de cinquante-cinq francs cinquante centimes au bout de l'année ; mais
cette grande belle femme d'industrie qui
marche à la perfection universelle... sur
une route d'asphalte granitique, et dans
un char de fer galvanisé !... La commandite triomphe, et toutes les inventions plus
ou moins absurdes... trouvent des actionnaires plus ou moins, vous comprenez!
ô actionnaire! (*ils se découvrent tous*) grand
cornichon, grand tubercule, grand chou co-
lossal de l'époque, que le ciel te bénisse, et
que la terre te réchauffe dans son sein pour
donner de la graine aux générations futures
de nos enfans! je dis ça pour ceux qui en
ont, des enfans, (*à Léonide*) mademoiselle.

LÉONIDE. Sapristi !... monsieur Bilboquet !

BILBOQUET. Silence! on ne jure pas
ici...

VAUDORÉ. Messieurs, messieurs, allons
au fait ! marchons donc en avant... et
comme tant d'autres :

AIR : *Trompons-nous.*

Désormais, soutenons-nous tous...
Vantons-nous ! et protégeons-nous !
Sans jamais nous lasser,
Il faut nous faire mousser.

* Le Chevalier, l'Ami, Bilboquet, Vaudoré,
Léonide, le Baron.

L'AMI.
Mon journal sera là...

LE CHEVALIER.
Et la banque on la fera.

BILBOQUET.
A Paris, arrachons
Ses dernier's plum's de dindons. } *bis.*

ENSEMBLE.

Oui, jurons désormais d'être toujours unis
Pour exploiter Paris !
Ses jobards... ses dindons,
Quand nous les rencontrerons...
Nous jurons (*bis*)
Qu'ensemble nous les plumerons!

LE BARON. Ah çà ! mais si la loi nouvelle...

BILBOQUET. Qui est-ce qui parle de loi,
ici... qu'elle est l'oie qui parle de loi?

LE BARON, *s'avançant sur Bilboquet.*
Monsieur! je suis militaire, j'ai vu le grand
homme !... je ne souffrirai pas...

BILBOQUET. Ce n'est pas à vous que je
parle, grand guerrier... allons donc, père
Marengo, c'est à ces messieurs que je m'a-
dresse ; il n'y a pas de loi contre la commandite, au contraire... Dieu! si j'étais
député!..

LE BARON*. Voyons, voyons, les actionnaires sont là... l'argent de M. Gogo nous
attend, où est l'acte de société.

LE CHEVALIER. Le voici... société des
industries réunies.

L'AMI. Douze cents actions, dont six
cents actions rénumératoires, que nous
nous partageons, comme fondateurs.

VAUDORÉ. Bravo !

LE CHEVALIER. Les autres aux actionnaires... capital social, deux cents millions...
nous formons l'administration, et nous tou-
chons chacun un traitement de quarante
mille francs...

LE BARON. C'est beaucoup.

BILBOQUET. Comment, beaucoup ! c'est
même trop... et voilà ce qui en fait le
charme.

L'AMI. Il y aura deux directeurs, deux
secrétaires...

LÉONIDE. Et moi ?

L'AMI. Madame raccommodera le linge
des fondateurs... un autre tiendra la
caisse...

* A partir de ce moment, le personnage qui parle
prend toujours le milieu de la scène excepté
l'Ami, qui est repoussé de tous les côtés et qui va et
vient cherchant à se faire passage jusqu'à cette ré-
plique : « *Il y aura deux secrétaires;* » alors il par-
vient à prendre à son tour le milieu de la scène.

BILBOQUET. Je prends la caisse...

LE BARON. Non, c'est moi...

VAUDORÉ. C'est moi...

LE CHEVALIER. C'est moi !

L'AMI. C'est moi !

TOUS, se fâchant. C'est moi ! c'est moi !

BILBOQUET.

AIR : Jadis et aujourd'hui.

Ça me revient, comme banquiste !

LE CHEVALIER.

Comme honnête homme, je la prends !

LE BARON.

Moi, je suis un capitaliste !

TOUS.

C'est moi !... c'est moi !... je veux l'argent !...

LÉONIDE, se jetant entre eux.

Eh ! mais, pour la caisse, je pense,
Vous allez vous prendre aux cheveux.

BILBOQUET.

Preuv' touchante de la confiance,
Que les honnêt's gens ont entre eux.

LE BARON. Voici les actionnaires.

BILBOQUET. Chut ! tenue décente, je vais leur parler...

L'AMI. J'émets les actions.

Il s'assied à la table.

SCENE XII.

LES MÊMES, GOGO, LE MAIRE, DE-
NISE, ZIZINE, Mme GOGO, DU-
RAND.

GOGO, portant un porte feuille et un sac d'argent. J'en veux, j'en veux, voilà mon argent...

L'AMI. Donnez-vite, donnez !...

LE MAIRE, rentrant. Très-bien... très-bien !...

BILBOQUET, montant sur une chaise. Entrez, messieurs, entrez... (se posant) généreux citoyens, protecteurs de l'industrie, actionnaires, qu'on retrouve toujours...

Mme GOGO, paraissant tout-à-coup*. Qu'est-ce qui m'a amené tous ces gueusards-là ?

TOUS. Madame Gogo !

GOGO. Mais, ma femme !

Mme GOGO. Taisez-vous, ganache !

* Bilboquet sur la chaise, le Maire, Léonide, Vaudoré, Mme Gogo, Gogo, le chevalier, l'Ami, le Baron.

BILBOQUET, sans faire attention à Mme Gogo. Nous allons discuter les bases !

Mme GOGO, s'avançant sur Bilboquet. Tu ne discuteras rien, ou je t'arrache les yeux.

BILBOQUET. Que veut cette femme des temps antiques ? donnez-lui des actions et qu'elle se taise...

Mme GOGO. A moi des actions ! à moi !...

VAUDORÉ, la saisissant d'un côté. Calmez-vous, madame Gogo !

LE BARON, de l'autre côté. Petite commère...

Mme GOGO. Jour de Dieu ! ne me pincez pas, ou je vous apostrophe tous les deux...

LÉONIDE. Mais, madame Gogo...

Mme GOGO. Et vous, péronelle, tournez-moi les talons... et plus vite que ça...

LE MAIRE. Très-bien, très-bien !

Mme GOGO, lui détachant un soufflet. Attrape, toi !

BILBOQUET. Mettez votre écharpe, autorité, mettez votre écharpe !

Mme GOGO. Oh ! je ne suis pas comme mon imbécile de mari, moi... Allons, allons, déguerpissez par la porte, où je vous fais jeter par la fenêtre.

TOUS. Ah ! ah ! ah !

BILBOQUET. Ne le prenez pas si haut, bonne femme, nous allons assurer votre fortune à la Bourse.

TOUS. A la Bourse, à la Bourse...

CHOEUR.

AIR : de Turiaf.

Partons, la Bourse nous appelle
Et la fortune est avec nous...
Bientôt une chance nouvelle
Ici nous ramènera tous !...

Ils sortent, le Chevalier et son Ami les derniers.

SCENE XIII.

GOGO, Mme GOGO, DURAND, DENISE,
ZIZINE.

DENISE. Les voilà tous partis...

GOGO, furieux, levant une chaise. Madame Gogo !

Mme GOGO. Eh bien ! après ?

ZIZINE, retenant son père. Papa !

DENISE. Madame !...

DURAND. La paix, la paix, la paix !...

GOGO. Laissez-moi, vous, allez rejoindre vos drogues ! madame Gogo, je vous dé-

* Denise, Mme Gogo, Gogo, Durand, Zizine.

clare que ce que vous avez fait là est bien médiocre...

Mme GOGO. C'est égal, il n'auront pas votre argent...

DENISE. Ils ne l'auront pas...

GOGO. Non, ils l'ont.

Mme GOGO. Qu'est-ce que j'entends-là?

GOGO. Tu es venue trop tard.

Mme GOGO. La dot de ma fille?

GOGO. La voilà en actions.

DENISE. C'est-il Dieu possible!

Mme GOGO. Nous sommes ruinés...

DURAND. Et non, d'ailleurs, ne suis-je pas là? ne l'épouse-je pas?

ZIZINE. Oui, maman, Durand m'épouse.

GOGO. Lui! allons donc! si je veux, et je ne veux pas...

Mme GOGO. Tu ne veux pas?

GOGO. Non, non, non, jamais! je veux pour gendre un homme d'argent, un homme de papiers comme moi. (Montrant la porte à Durand.) Faites-moi le plaisir...

DURAND. Mais vous voulez donc que je fasse un coup de désespoir?

GOGO. Je veux un millionnaire!

DURAND. Ah! c'est comme ça!... ah! vous me poussez à l'extrémité de faire fortune, ou de me détruire! eh bien! bon! eh bien! bon! ça m'est égal, j'y vais aussi à la Bourse, moi, j'y vais aussi, j'y mangerai ma boutique, mes drogues... jusqu'à mon mortier!... oui, oui... et si je fais un coup de tête, si je fais... si... eh bien! tant pis, ce sera votre faute, adieu!

Mme GOGO. Durand .... mon ami!...

ZIZINE. Restez.

DURAND. Vous ne voulez pas... vous exigez... vous... adieu!...

Il sort en courant.

SCÈNE XIV.

GOGO, Mme GOGO, ZIZINE, DENISE.

GOGO*. Bonsoir.

ZIZINE, *tombant assise.* Ah! j'en mourrai!...

DENISE. C'est indigne!

Mme GOGO. Monsieur Gogo, vous êtes un chacal! les affaires d'argent vous ont séché le cœur; ah! vous étiez si doux, quand vous étiez épicier-droguiste.

GOGO. Alors, j'étais dans les émolliens... Et vite, Denise, ma canne, mon chapeau, je cours rejoindre ces messieurs à la Bourse.

* Mme Gogo, Gogo, Denise, Zizine.

Mme GOGO, *le retenant.* Non, tu n'iras pas!

Elle lui prend son chapeau.

GOGO. Si fait... mais tu ne vois donc pas madame Gogo, que me voilà lancé... que je vais monter, monter comme tant de gens qui ont commencé comme nous, et dont la fortune nous faisait envie?...

Mme GOGO. Si tu devais réussir, je ne dis pas... des millions, ça m'irait aussi bien qu'à toi.

ZIZINE. Et à moi aussi.

DENISE. Tiens... et à moi!

Mme GOGO. Mais songes-y donc, à la Bourse!...

GOGO. Eh bien! à la Bourse... est-ce qu'il n'y a pas d'honnêtes gens... de braves industriels?

Mme GOGO. Eh! je ne dis pas!

Air *de Turenne.*

Nous avons là des gens que l'on respecte
Et que la Bourse reçoit avec fierté,
Dont la parol' ne fut jamais suspecte,
Qui sont entrés avec leur probité,
Et qui remport'nt tout c' qu'ils ont apporté...
C'est pas ceux-là qu'à rougir on condamne,
Mais en entrant que d' gens, monsieur Gogo,
Mettent leur honneur et leur canne au bureau,
Et ne remportent que leur canne!

Et voilà ceux qui te mettent dedans.

GOGO, *reprenant son chapeau.* Et non... n'aie pas peur...

Il va pour sortir, et il est culbuté par Vaudoré qui entre.

SCÈNE XV.

LES MÊMES, VAUDORÉ.

VAUDORÉ. Eh! vite, eh! vite, monsieur Gogo, accourez donc...

Mme GOGO. Qu'est-ce que vous venez faire ici encore?

VAUDORÉ. Je viens... je viens vous annoncer la nouvelle la plus grande, la plus étourdissante!... vous m'embrasserez... (*Il va pour l'embrasser et recule.*) Une autre fois...

GOGO. Qu'est-ce que c'est?

VAUDORÉ. Vous n'oublierez pas, monsieur Gogo, que je vous ai demandé votre fille... que vous me l'avez promise...

ZIZINE. Par exemple!...

GOGO. Si vous me faites faire ma fortune...

VAUDORÉ. Elle est faite.

* Mme Gogo, Vaudoré, Gogo, Zizine, Denise.

Mme GOGO. Allons donc !

GOGO. Vous dites?...

VAUDORÉ. J'accours de la Bourse, dont nous avions forcé les portes... nos agens de change...

Mme GOGO. Vous avez des agens de change, vous!

VAUDORÉ. Tout le monde en a, moyennant les reports, les transferts, les primes, etc. L'agent de change est imaginé, créé, privilégié pour prendre dans une poche et mettre dans l'autre... le reste ne le regarde pas... heureusement pour vous...

Mme GOGO. Laissez moi donc tranquille !

VAUDORÉ. Car en ce moment... au train dont ça va... vous êtes...

Mme GOGO, furieuse. Ruiné !...

VAUDORÉ. Millionnaire !...

Mme GOGO, changeant du ton. Hein !

GOGO. Moi ?

ZIZINE. Papa!

DENISE. Millionnaire.

Mme GOGO. Laissez donc... encore une gueuserie !

VAUDORÉ. Franchement, j'en avais peur; mais voilà qui me trompait, ce qui nous trompait tous... il y a encore plus de jobards que je ne croyais... les agens de change, les courtiers marrons, et autres nuances, avaient déjà lancé mes actions; on les comptait quand nous sommes arrivés... et dans le mouvement de fièvre, d'ambition, de rage, qui agite le public de la Bourse... ça a monté, monté... plus vite encore que les Seyssels et les galvanisés !... jugez donc !... les industries réunies !... on se les arrache... on se prend aux cheveux pour en avoir... si bien qu'en ce moment, ce qui valait mille francs en vaut dix... douze mille... ce qui en valait dix mille en vaut plus de cent mille.

DENISE. Bonté divine !...

ZIZINE. Comment !...

Mme GOGO. Il se pourrait?...

GOGO. Soutenez-moi.

VAUDORÉ. Vous voilà millionnaire...

Mme GOGO, tout étourdie. Mil... mil... ma fille... Denise...

GOGO. Je n'y vois plus...

Mme GOGO. Je tombe à la renverse...

VAUDORÉ, la secouant. Allons, allons, calmons-nous... vous qui étiez furieuse...

Mme GOGO. Oui... c'est que... alors, je croyais... je me défiais... je... mais écoutez donc.

GOGO. Millionnaire !...

ZIZINE, Mme GOGO et DENISE. Millionnaire !...

GOGO. Ma femme !... ma fille... ah !...

j'en perdrai la tête !... au diable le commerce !... je loue un hôtel.

Mme GOGO. J'achète une voiture.

ZIZINE. Nous aurons voiture...

TOUS. Millionnaire... millionnaire... tra la la la... tra la la la...

DENISE. Les v'là partis !... timbrés !... plus rien...

VAUDORÉ. Me voilà marié !

GOGO, faisant sauter les meubles. Au diable les vieux meubles, les vieilles chaises !...

VAUDORÉ, à Gogo. Et si vous voulez voir ce grand mouvement... ces fortunes qui montent... montent...

GOGO. J'y vais... j'y vais... Denise! mon chapeau... ma canne...

Mme GOGO. Mon châle... j'y vais aussi.

VAUDORÉ. Pourquoi pas?... dans les galeries du haut.

GOGO. Partons tous...

CHOEUR.

AIR du Tailleur et la Fée.

Courons tous à la Bourse,
N' perdons pas un moment :
Car ce n'est qu'à la course
Qu'on gagne de l'argent.

Ils sortent tous.

Le théâtre change et représente l'intérieur de la Bourse. La corbeille au milieu; le haut représente la galerie garnie de monde, le bas est rempli d'une foule qui circule, crie, s'agite dans tous les sens.

~~~~~~~~~~~~~~~~~~~~~~~~~~~~~~~~

SCÈNE XVI.

DURAND, BILBOQUET, LE BARON, LE CHEVALIER, L'AMI, UN COMMIS D'AGENT DE CHANGE, LE PREMIER SPÉCULATEUR, LE SECOND SPÉCULATEUR, LE MAIRE.

Plusieurs voix. Grand bruit, grande confusion.

DURAND, seul sur le devant du théâtre, regardant la foule qui s'agite. Dieu! quel bruit !... quel mouvement !... la tête m'en tourne.

LE COMMIS. A vendre! à acheter! Seyssel...

PREMIÈRE VOIX. Le 5 à 108.75.

DEUXIÈME VOIX. Savonnerie... 503.

PREMIÈRE VOIX. Industries réunies...

DEUXIÈME VOIX. Offerts !

PREMIÈRE VOIX. Chemins de fer !

DEUXIÈME VOIX. Mines de la grande Combe!

DURAND. Tenez, tenez, s'arrachent-ils

les actions!.. Comment peut-on vivre là-dedans? mon Dieu! j'en ai la fièvre!

PREMIER SPÉCULATEUR, *accourant*. Je suis ruiné, perdu, déshonoré!

DURAND. Oh! est-il pâle, celui-là!

DEUXIÈME SPÉCULATEUR, *accourant*. Superbe, magnifique, admirable!

DURAND. Dieu! est-il bouffi, celui-là!

PREMIER SPÉCULATEUR. Huit cent mille francs de perte en dix minutes!

Il remonte.

DEUXIÈME SPÉCULATEUR. Un million de bénéfices en un quart d'heure!

Il remonte.

DURAND. Oh! voilà le commis de mon agent de change.

LE COMMIS, *se dégageant de la foule*. Vendez, achetez, les industries réunies à rien! (*Au premier spéculateur.*) Eh bien, on a acheté!

PREMIER SPÉCULATEUR. Vous m'avez ruiné!

LE COMMIS. Dam! j'ai vos ordres. (*Au deuxième spéculateur.*) On a vendu!

PREMIER SPÉCULATEUR. Je vous dois ma fortune.

LE COMMIS, *à Durand*. C'est la bascule... ah! monsieur Durand, on a fait votre affaire. (*Regardant à droite*.) C'est singulier, il y a ici des figures qu'on ne voit jamais à la Bourse.

PREMIÈRE VOIX. Allons, messieurs, c'est en baisse.

DEUXIÈME VOIX. Les industries!

Murmures.

Il remonte dans la foule où le bruit recommence. Le premier Spéculateur court à gauche vers le second, ils se parlent bas l'un avec joie, l'autre avec désespoir... Durand est remonté vers la corbeille. Bilboquet en paletot, l'Ami, la rédingotte serrée et boutonnée, le Baron, tous trois en lunettes, sortent de la foule et descendent à droite.

LE BARON. Quelle débâcle! ça allait si bien!

L'AMI. Ça dégringole-t-il, ça dégringole-t-il!

BILBOQUET. Oh! mes amis, quel bouillon! il est salé celui-là, il a des yeux... ces pauvres actionnaires!... Ça m'est égal, j'ai vendu mes actions, j'achète les Folies-Dramatiques.

LE BARON. J'achète un château.

L'AMI. J'achète un habit.

LE MAIRE, *paraissant près d'eux*. Très-bien! très-bien!

Ils remontent tous et se perdent dans la foule.

PREMIER SPÉCULATEUR. Que faire?

DEUXIÈME SPÉCULATEUR. Dam, mon cher, je vous prête ma chaise de poste, elle est excellente; elle a déjà fait trois fois la route de Bruxelles, sans broncher.

PREMIER SPÉCULATEUR. Merci, je vous la rendrai le mois prochain.

Le bruit recommence, ils rentrent dans la foule.

SCÈNE XVII.

LES MÊMES, GOGO, VAUDORÉ, Mme GOGO, DENISE, *dans la galerie du haut.*

VAUDORÉ. Arrivez donc, arrivez donc, monsieur Gogo... hein, quel mouvement!

GOGO. M'y voilà! Dieu! que je suis content!

AIR *de Sommeiller encor*, etc.

Quel bonheur! ici l'on respire...
Comme un parfum de million.
Quel bruit! quel luxe! je l'admire!
C'est un vrai temple!...

VAUDORÉ.

Un temple? non!
Dans ce palais de plâtre et d'marbre,
Où l'or paraît et disparaît,
Chaqu' colonn' représente un arbre,
Et l'ensemble est une forêt.

Mme GOGO, *criant de la galerie*. Monsieur Gogo!

GOGO. Ah! ma femme là-haut, dans la galerie.

Mme GOGO, *criant*. Ça monte-t-il, Gogo?

GOGO, *criant*. Certainement! (*A Vaudoré.*) N'est-ce pas que ça monte?

VAUDORÉ. Parbleu!... quand je suis sorti...

PREMIÈRE VOIX. Industries réunies!

DEUXIÈME VOIX. A perte!

PREMIÈRE VOIX. A huit cents!

DEUXIÈME VOIX. A cinq cents!

Murmures.

VAUDORÉ. Hein!

GOGO. Qu'est-ce qu'il dit celui-là?

DURAND, *accourant*. Ah! c'est vous!... eh bien, dites donc, vos industries réunies...

GOGO. Tu vois, je fais fortune, je suis millionnaire!

DURAND. Oui, tout-à-l'heure, et moi aussi, mais à présent...

VAUDORÉ. A présent?

GOGO. Mes actions...

DURAND. Ça s'en va! ça s'en va! c'est comme un purgatif, votre fortune est très-dérangée.

VAUDORÉ. Plaît-il?

GOGO. Ah! mais, pas de mauvaises plaisanteries; j'ai mon million, j'y tiens, je le garde.

LE CHEVALIER, *en lunettes et en manteau est près de lui.* Mettez donc vos lunettes, si on vous reconnaissait... heureusement Mlle Bobinard veille sur nous comme un ange, là-haut.

VAUDORÉ, *mettant ses lunettes.* Ça tourne donc?

LE CHEVALIER. Très-bien, pour nous; nous avons réalisé, mais les Gogo dégommés en dix minutes.

VAUDORÉ. Dix minutes! bravo! ça ne manque jamais son coup... et voilà les chances de Frascati... rouge! noire! rien ne va plus.

Ils remontent, la rumeur augmente.

GOGO, *redescendant.* Monsieur Vaudoré! monsieur Vaudoré! eh bien, où est-il donc?... Mais ce n'est pas possible, mes actions, mes industries réunies!

LE COMMIS, *redescendant.* Industries réunies, neuf cent quatre-vingt-douze francs, cinquante centimes, de perte.

GOGO. Sur mille francs?

LE COMMIS. Vous êtes dupe comme tant d'autres.

PREMIÈRE VOIX. Ce sont des fripons!

DEUXIÈME VOIX. Il faut les poursuivre.

LE COMMIS. Entendez-vous, on est furieux, on crie vengeance.

GOGO. C'est une infamie, c'est une horreur!... Mais c'est donc une caverne que la Bourse?

LE COMMIS. Dam! il fallait vendre à temps, comme j'ai fait pour M. Durand, dont j'ai triplé le capital.

DURAND. Vrai, il se pourrait! oh! quel bonheur! c'est une belle invention que la Bourse.

GOGO. Et mes industriels, où sont mes industriels? je les veux, je veux les étrangler tous!

Mme GOGO, *dans la galerie.* Monsieur Gogo!

GOGO. Bon! ma femme.

Mme GOGO. Ça monte-t-il?

GOGO, *criant.* Ruinés! enfoncés!

Mme GOGO, *poussant un cri.* Ah!

DENISE. Elle se trouve mal.

GOGO. Où sont-ils? je veux me venger!

DURAND. Calmez-vous, puisque je suis riche, je partage avec vous, j'épouse votre fille.

GOGO, *remontant.* C'est égal, j'en veux un, j'en veux un!

TOUS, *criant.* Où sont-ils? où sont-ils?

DURAND, *le suivant.* Tenez, on les assomme peut-être.

La foule se porte en criant, les personnages suivans arrivent successivement de tous côtés en s'échappant, musique jusqu'à la fin.

BILBOQUET. Ah! bien! ah! bien! ah! bien! nous voilà gentils!

LE CHEVALIER. On nous prend pour des fripons.

BILBOQUET. Pas possible!

L'AMI. Les autres nous ont reconnus*.

VAUDORÉ. Eh vite, on nous cherche, on rassemble toutes nos actions pour en faire un feu de joie.

LE BARON. On va nous brûler... en papiers.

BILBOQUET. En papiers! cré coquin, j'aime mieux ça!

LE BARON. Sauve qui peut!

BILBOQUET. Oui, oui, grand guerrier.

LE MAIRE. Très-bien! très-bien!

UNE VOIX DANS LA FOULE. Fermez les portes!

TOUT LE MONDE. Les portes! les portes!

Rumeur.

TOUS. Nous sommes pris!

BILBOQUET. Oh! mes amis, nous allons recevoir une raclée.

DURAND, *qui s'est rapproché.* Les voilà! les voilà!

Il remonte.

TOUS. O ciel!

BILBOQUET, *chancelant.* Soutenez-moi, je m'en vais en bitume.

L'AMI. C'est un enfer!

Musique jusqu'à la fin.

SCENE XVIII.

LES MEMES, LÉONIDE.

Elle paraît, à gauche, en homme, et avec des lunettes.

LÉONIDE. Pst! pst!

VAUDORÉ. Léonide!

LÉONIDE. Suivez-moi, une petite porte qui mène à n'importe quoi...

TOUS. Chut!

LE CHEVALIER. Nous reviendrons.

BILBOQUET. Bravo! l'honneur est sauvé.

GOGO, *accourant suivi de la foule.* Ah! je les vois! ah! je les tiens! (*Se jetant sur*

* Vaudoré, le Baron, Bilboquet, le Chevalier, l'Ami, le Maire.

Vaudore.) Mon argent! rendez-moi mon argent.

En s'échappant, ils se le jettent les uns aux autres jusqu'à Bilboquet qui est le dernier.

BILBOQUET. A vous, monsieur le maire.

Gogo et le Maire luttent ensemble quelques instans.

DURAND. C'est le compère!

GOGO. Tu paieras pour les autres.

LE MAIRE. Très-bien! très-bien!

Mme GOGO, *accourant*. Laissez-moi!...

j'entrerai... monsieur Gogo... mon mari!

Elle va tomber dans les bras de Gogo, qui a terrassé le Maire et lui tient le pied sur la gorge*.

LE COMMIS. C'est cela, guerre aux fripons, respect à l'industrie!

BILBOQUET, *dans la galerie, à droite de l'acteur*. Cette maxime n'est pas neuve, mais elle est consolante.

* Le Maire; Gogo; Mme Gogo; le Commis.

FIN.

PARIS. — Imprimerie de Vᵉ DONDEY-DUPRÉ, rue Saint-Louis, n° 46, au Marais.